GUÍA DE LECTURA

Escrita por Ivan Sculier
Traducida por Tamara Montes Blanco

Claude Gueux

de Victor Hugo

VICTOR HUGO

POETA, DRAMATURGO, NOVELISTA Y POLÍTICO FRANCÉS

- **Nacido en 1802 en Besanzón (Francia)**
- **Fallecido en 1885 en París (Francia)**
- **Algunas de sus obras:**
  - *Hernani* (1830), obra de teatro
  - *Nuestra Señora de París* (1832), novela
  - *Los miserables* (1862), novela

Poeta, novelista, dramaturgo y político, Victor Hugo es el escritor emblemático del romanticismo francés. Fue elegido «líder de los románticos» y también llevó una vida comprometida con la política ⸤intervino en grandes causas como la abolición de la pena de muerte⸥. Durante el Segundo Imperio francés, tuvo que exiliarse (1851-1870) en Jersey y después en Guernsey, donde cabe destacar que escribió *Los miserables*.

Cuando murió en 1885, la República le organizó un grandioso funeral de Estado y el pueblo lo aplaudió como el mayor escritor francés.

CLAUDE GUEUX

UN ALEGATO CONTRA LA PENA DE MUERTE

- **Género:** novela
- **Edición de referencia:** Hugo, Victor. 2003. *Claude Gueux*. Traducido por Antonio Mangas Gutiérrez. Madrid: Caparrós Editores
- **Primera edición:** 1834
- **Temáticas:** prisión, pena de muerte, culpabilidad, pobreza, juicio

Claude Gueux, basada en un hecho real, es una obra publicada en 1834 continuación de otra novela: *El último día de un condenado a muerte* (1829). Efectivamente, las dos obras tratan sobre la historia de un detenido y sobre su estancia en prisión hasta su ejecución final. Asimismo, ambas hacen las veces de crítica contra la pena de muerte.

La novela se divide en dos partes sucesivas y diferenciadas: en la primera encontramos un relato ilustrativo que sirve de contextualización y punto de partida para la segunda, que consiste en una reflexión sobre la sociedad.

RESUMEN

Las circunstancias llevan a Claude Gueux, obrero parisino de clase baja y padre de familia, a robar para sobrevivir. Es arrestado y enviado a la prisión central de Clairvaux, donde pasa las noches en un calabozo y los días en un taller. Taciturno y pensativo, soporta su nueva condición sin quejarse ni derrumbarse.

El taller está dirigido por un funcionario tiránico y malvado, testarudo y tonto. Todos los obreros del centro lo temen. Un día, le cuenta Claude Gueux, supuestamente para consolarlo, que su mujer se ha hecho prostituta y que no hay noticias de su hijo. Esto no reconfortará al prisionero.

Sin embargo, este aguanta y no tarda en desprender una energía que causa admiración y respeto en todos los demás prisioneros. Esto provoca al mismo tiempo el odio y la envidia de los carceleros, sobre todo teniendo en cuenta que Claude Gueux ayuda a menudo al director a restablecer la calma en la prisión en caso de desorden.

Claude Gueux, que normalmente es de buen comer, no recibe alimento suficiente y comienza a debilitarse, siempre sin quejarse. Así es como conoce a Albin. Un día, este último le ofrece la mitad de su ración de pan, ya que es demasiado copiosa para él solo. Este gesto, que se repite, hace que los dos hombres entablen amistad.

Un día, el director decide vengarse de Claude Gueux, así que traslada a Albin a otro sector de la prisión. Cuando Claude le pregunta sobre ello, se niega a cambiar de parecer, ya que cuando toma una decisión nunca se retracta. Se contenta con justificar su acto con un «porque sí». Claude reitera su petición cada noche, pero el director no suele tomarse ni la molestia de responderle.

Un domingo, Claude permanece inmóvil en el patio durante varias horas seguidas. Cuando uno de sus compañeros le pregunta que qué hace, él le responde que está juzgando a alguien. Después de esto, Claude reclama una vez más al director que traiga a Albin de vuelva al sector de la prisión en el que él se encuentra. Como es habitual, el director se niega. Entonces, Claude le lanza un ultimátum de nueve días al cabo de los cuales le tienen que haber devuelto a su compañero. El director no le presta atención.

La mañana del décimo día, Claude Gueux saca unas tijeras y anuncia a otro detenido que esa misma noche las utilizará para cortar los barrotes de la prisión. A continuación, se hace con un hacha para ejecutar al director.

Una vez se queda solo con los otros prisioneros, Claude Gueux hace un discurso en el que explica su proyecto de matar al director y las razones que le llevan a ello. Tras esto, les pregunta si tienen alguna objeción. Uno de ellos le sugiere que intente realizar su petición una última vez. Claude acepta.

Cuando llega el momento, Claude implora al director y esta vez adorna su petición con un pequeño discurso. Pero el director no se muestra más cooperativo de lo habitual. Entonces, Claude lo asesina asestándole varios hachazos.

Después, intenta acabar también con su propia vida atravesándose el corazón con las tijeras, pero no lo logra.

Tras pasar varios meses entre la vida y la muerte, termina por curarse de sus heridas por completo y se le puede juzgar. Durante el proceso, Claude Gueux no hace nada para atenuar su responsabilidad. Está pendiente de que los hechos se establezcan con la mayor veracidad posible. Incluso anima a hablar a los otros detenidos, testigos de la escena. A continuación, toma la palabra y pronuncia un largo y elocuente discurso para denunciar las injusticias morales y sociales de las que ha sido víctima durante su vida y su encarcelamiento.

La sentencia es pena de muerte. Antes de su ejecución, abraza al sacerdote y al verdugo (este último lo rechaza con delicadeza). Lega sus tijeras a Albin y, para ayudar a los pobres, le entrega al sacerdote una moneda de cinco francos que le había regalado una hermana. Conserva su dignidad hasta el último instante.

El relato propiamente dicho se acaba aquí, pero le sigue una reflexión del autor sobre la pena de muerte y las debilidades de la sociedad del siglo XIX: la educación y la falta de eficacia del sistema judicial. Hugo se dirige directamente a los que considera responsables de los problemas: ministros, diputados y legisladores. Lamenta la inutilidad de sus debates mientras el pueblo sufre y se hunde en la miseria. Condena el presidio y la pena de muerte. Defiende el trabajo y, sobre todo, la educación como soluciones a la pobreza.

ESTUDIO DE LOS PERSONAJES

CLAUDE GUEUX

No cabe ninguna duda de que Claude Gueux existió. Es un personaje real que fue contemporáneo de Victor Hugo. Su historia figuró en la sección de sucesos de un periódico e inspiró al autor para escribir la novela en cuestión: Claude Gueux —obrero parisino, casado y padre de familia— robó para alimentar a los suyos durante un duro invierno.

Victor Hugo se tomó la licencia de modificar la verdad a fin de embellecer la historia: los delitos de Claude Gueux habrían sido en realidad más graves que este simple hurto. En cambio, parece que, efectivamente, transmitía una energía especial en comparación con el resto de detenidos, según el testimonio que se conserva del director de la prisión.

Si, desde un principio, Claude Gueux hubiera sido presentado como un criminal, el autor nunca hubiera podido utilizarlo como prototipo del hombre de clase baja valiente y sin educación, pero que lleva una vida dura a causa de los defectos de la colectividad, ni convertirlo en símbolo del mártir de la sociedad.

En un primer momento, Victor Hugo describe a Claude Gueux, protagonista central de la obra, como un hombre sensato, digno e impasible. Nunca se pone nervioso y mide cada palabra. Representa la conciencia de los individuos que se rebela y se descubre poco a poco. Esto se ve en la actitud de los detenidos cuando están ante él: muestran respeto, incluso admiración, y hasta obediencia. En esto, el personaje de Claude Gueux prefigura al de Jean Valjean, protagonista de *Los miserables*, obra que se publicará en 1862, es decir, casi treinta años más tarde.

Al final del relato, el lector descubre otra cara de Claude Gueux, la del asesino. Por lo tanto, aquí, Hugo no presenta el mundo con un espíritu maniqueo (distinguiendo con claridad a los buenos de los malos). Sin embargo, la dignidad del personaje está a salvo, ya que justifica su acto con la razón, con su concepción de la justicia.

Claude Gueux tenía tres cosas en la prisión: un amigo (Albin); un libro (*Emilio* de Rousseau —escritor y filósofo ginebrino, 1712-1778—), que, al no saber leer, no le era de ninguna utilidad, y unas tijeras de costura que pertenecieron a su mujer. Tras haber anunciado a uno de los detenidos que cortaría los barrotes de la prisión con esas tijeras, las utiliza para intentar suicidarse. La frase era metafórica: quiso cortar los barrotes de la prisión que representaba su cuerpo para dejar que su alma se evadiera.

ALBIN

Albin encarna la amistad. Aún adolescente, es frágil, débil e inocente. También él ha sido encerrado por haber robado. Mientras que Claude es reservado, Albin es realmente tímido. Ya su nombre es significativo: del latín *albus*, que significa «blanco», remite a las ideas de candidez y simplicidad. Victor Hugo no desarrolla profundamente la personalidad de este personaje, sino que más bien insiste en el tipo de lazo que unía a los dos hombres.

Albin también es un personaje real: fue un apoyo auténtico y esencial para Claude durante su cautiverio, y, efectivamente, el director de la prisión los separó. Lo que Hugo no precisa en su novela es que, de hecho, estos habrían tenido relaciones homosexuales.

En la novela, su relación va tomando forma de una relación paternofilial. Claude, mucho mayor que su compañero, hace las veces de figura paterna.

EL DIRECTOR

El director del taller de la prisión encarna al funcionario de ideas corrompidas por la sociedad. Egoísta, tiránico y sin corazón, difiere en muchos aspectos de Claude Gueux:

- es malo aunque esté del lado de la justicia estatal, mientras que Claude Gueux es el protagonista aunque esté del lado de los fuera de la ley;
- uno representa la autoridad oficial, apoyada por la fuerza; el otro, la autoridad natural, apoyada por las ideas. Uno encarna el poder temporal y el otro, el poder espiritual;
- el director, así como los otros carceleros, ven con malos ojos la energía que Claude desprende en la prisión. Envidian su autoridad natural.

CLAVES DE LECTURA

LA PENA DE MUERTE EN EL SIGLO XIX

La pena de muerte es una sentencia dirigida a quitar la vida a un acusado declarado culpable a ojos de la sociedad. Ha sido practicada en casi todas las civilizaciones humanas. Pero la opinión social a este respecto ha evolucionado considerablemente con el paso del tiempo. En el territorio francés no comenzó a estar mal vista y a ser cuestionada hasta el Siglo de las Luces (siglo XVIII), debido a la Revolución francesa y a los abusos del Terror.

El primer debate parlamentario en Francia sobre el tema de la abolición de la pena capital tuvo lugar en 1791. Dos años más tarde, la ejecución de Luis XVI sembró la duda entre la gente respecto al fundamento de esta sentencia. Este replanteamiento de la pena capital tuvo mayor alcance durante el siglo XIX, de tal modo que se comenzó a hablar de movimiento abolicionista. Sin embargo, aún hicieron falta muchos años para que se aboliera por completo, pero su aplicación disminuyó progresivamente:

- en 1810, «solo» quedan 36 crímenes que se pueden castigar con pena de muerte. Queda mucho por hacer, desde luego, pero ya es una mejora;
- en 1848, se abole la pena de muerte en materia política. Se gana la votación con amplia mayoría. Inmediatamente después, Hugo intenta obtener la derogación total de la sentencia, pero no lo consigue;
- en 1830, Lamartine (poeta francés, 1790-1869), recién ele-

gido para formar parte de la Academia Francesa, retoma el debate de parte de Hugo. Redacta un poema titulado *Contra la pena de muerte* y participa en diferentes debates políticos sobre el tema;

- hasta 1981, la pena de muerte no se abolió en Francia de forma definitiva. Todos los demás países de la Comunidad Europea ya habían abandonado esta práctica.

Victor Hugo es uno de los primeros escritores que se erige contra la pena capital hasta este punto. Parecería que la causa de su lucha residiera en uno o varios acontecimientos traumáticos de su niñez. Desde ese momento, a lo largo de toda su existencia, demuestra ser un feroz defensor de la inviolabilidad de la vida humana. Es uno de los pocos temas en los que nunca cambió su postura. Asocia esta lucha a la que se libra contra la ignorancia, al considerar esta sentencia como signo de la ausencia de civilización: «La pena de muerte es el signo especial y eterno de la barbarie» (discurso del 15 de septiembre de 1848 ante la Asamblea Nacional Constituyente). Para Victor Hugo, la pena capital es un asesinato. Va en contra del ideal democrático.

El escritor comienza por utilizar la literatura para transmitir su mensaje y, en 1829, publica *El último día de un condenado a muerte*. Como consecuencia, la abolición de la pena de muerte se debate en el parlamento, pero es rechazada. Entonces, Hugo se da cuenta de que la literatura no es un medio suficiente para transmitir sus ideas. Entonces, utiliza más herramientas: discursos políticos, solicitudes, prensa, teatro, etc. Para él, cualquier medio es bueno a la hora de luchar por una causa justa.

UN APÓLOGO: EL RELATO COMO SOPORTE DEL DISCURSO

La historia de Claude Gueux es un suceso que sirve como base a la novela. Es el punto de partida de una reflexión sobre la culpabilidad: ¿Claude Gueux es la víctima del director o es al revés? ¿Es Claude Gueux el único responsable de su crimen o también hay que culpar a la sociedad? La reflexión de Victor Hugo también lleva a la sentencia: ¿cómo puede la pena de muerte ser una solución?

La cuestión de la culpabilidad

Claude Gueux acepta y soporta con calma y resignación sus penas, tanto su encarcelamiento por robo como su sentencia de muerte, ya que ambas están justificadas. En cambio, se niega a someterse a la que le priva de Albin, ya que es injusta. Entonces busca reparar la injusticia.

Inicialmente, le pide al director que le devuelvan a su amigo, sin lograr resultados. Por lo tanto, considera que hay que castigar al culpable y él mismo procede a un juicio antes de condenar a muerte al director. Presenta su decisión a los otros prisioneros para oír sus opiniones sobre el asunto. Observemos que antes de la ejecución del director, Claude Gueux le da una última oportunidad de rectificar.

En respuesta al asesinato, le toca a él ser condenado a muerte por un tribunal. Al finalizar el relato, tanto Claude Gueux como el director han sido ejecutados. Por lo tanto, el resultado es idéntico. Lo único que difiere es la legitimidad de las ejecuciones. De hecho, una es legítima según la justicia estatal; la otra, según la emoción y la ética personal. Para Hugo, eterno objetor de la pena capital, los dos actos, sean cuales fueren sus motivos, son injustificados: ambos equivalen al asesinato.

La cuestión de la sentencia

El relato va seguido de una reflexión con vistas a señalar los problemas de la sociedad francesa del siglo XIX. Esta reflexión está anclada en un contexto social preciso. Se denuncian multitud de problemas.

Claude Gueux es presentado como alguien bueno e inteligente. Son las injusticias sociales las que lo han empujado a convertirse en un delincuente. Lo que motivó su robo no fue el ansia de dinero, ni una propensión al mal, sino la necesidad y el hambre. Mientras que el pueblo sufre, las autoridades se pierden en debates fútiles en lugar de buscar soluciones. Por lo tanto, Claude Gueux cae en el crimen por su supervivencia y la de su familia.

Hugo, a favor de la abolición de la pena de muerte, no se priva de criticar esta sentencia a través del ejemplo de Claude Gueux. ¿Qué sentido tiene unir justicia y violencia? La muerte de un culpable no repara su error y empeora la situación social. En su carta «Genève et la peine de mort» recogida en *Actes et paroles — Pendant l'exil* («Actos y palabras — Durante el exilio», 1875, no traducida al español) Victor Hugo dice: «Pero, aunque la pena de muerte no sea justa, ¿resulta útil? Sí, según la teoría; el cadáver nos dejará tranquilos. No, según la práctica; ya que este cadáver deja una familia; familia sin padre, familia sin pan; y he aquí la viuda que se prostituye para vivir, y he aquí los huérfanos que roban para comer»[1].

Así, Hugo presenta la ejecución de Claude Gueux como el ejemplo más evidente del fracaso social.

Pero el escritor lleva su reflexión más allá. No se limita a denunciar los problemas, sino que también propone soluciones. De este modo, reclama que se promueva más la educación y que todo el pueblo tenga acceso a ella, de tal forma que, después, todos tengan trabajo y la miseria esté menos extendida. Él ve ahí la clave del problema: «Esa cabeza del hombre del pueblo, cultívenla, desbrócenla, riéguenla, fecúndenla, ilumínenla, moralícenla, utilícenla. No tendrán necesidad de cortarla» (Hugo 2003, 187).

UN NARRADOR DE CARNE Y HUESO

A lo largo de todo el texto, Hugo está en posición de narrador externo. En gran número de ocasiones, interrumpe el curso de la historia para intervenir: «Una vez allí, se le encerró en un calabozo de noche y en un taller durante el día. No es el taller lo que censuro» (Hugo 2003, 23). Asimismo, no se trata de un narrador omnisciente. De hecho, no conoce todo, tal como muestran ciertas secuencias: «El hombre robó. No sé lo que robó, ni dónde robó» (Hugo 2003, 21).

En la segunda parte, Hugo cambia de posición y opta por la de moralista, hablando en su nombre y expresando sus ideas de forma personal y comprometida.

---

1. Cita traducida por ResumenExpress.com

Al escribir de este modo, el autor se introduce a sí mismo en la escena dentro de la escritura, tanto en la primera como en la segunda parte del relato. Esto le permite anclar su texto en lo real: no es un narrador invisible, una conciencia inmaterial, sino más bien un ser de carne y hueso que toma partido en una historia que se esfuerza en presentar como verdadera. Por supuesto, el objetivo es dotar de más autenticidad a sus palabras y, por lo tanto, de más credibilidad y convencimiento.

Recordemos también que la novela se terminó en 1834, es decir, en pleno auge del Romanticismo. De hecho, la mejor época del Romanticismo fue entre 1830 y 1840. Aunque no se trate de una obra romántica en todos los aspectos, podemos notar la influencia de este movimiento en las características siguientes:

- el heroísmo grandioso de un protagonista que, sin embargo y después de todo, está derrotado;
- la marginalidad del protagonista (es un ladrón, un preso y un asesino);
- la falsa objetividad del narrador, que le permite transmitir su mensaje con más personalidad, fuerza e ironía (como hemos visto, Hugo, aunque esté en posición de narrador externo, interrumpe su propio relato para comentarlo).

PISTAS PARA LA REFLEXIÓN

ALGUNAS PREGUNTAS PARA PROFUNDIZAR EN SU REFLEXIÓN…

- ¿Qué métodos utiliza Hugo para que el lector sienta apego por Claude Gueux, que, no obstante, es un criminal?
- ¿Por qué podemos decir que Claude Gueux prefigura el personaje de Jean Valjean en *Los miserables*?
- ¿Qué encarnan respectivamente Claude Gueux y el director de la prisión?
- Según Hugo, ¿quién es el responsable en esta novela? ¿Qué piensa usted?
- «Esa cabeza del hombre del pueblo, cultívenla, desbrócenla, riéguenla, fecúndenla, ilumínenla, moralícenla, utilícenla. No tendrán necesidad de cortarla». Comente esta frase de Hugo y exprese su opinión al respecto.
- Claude Gueux tiene un ejemplar del *Emilio* de Rousseau. Sin embargo, no sabe leer. Según usted, ¿esto es casualidad?
- «La pena de muerte es el signo especial y eterno de la barbarie». Comente esta cita de Hugo.
- En *El último día de un condenado a muerte*, el narrador es el personaje principal de la historia, el preso. Aquí, es un narrador externo quien cuenta la historia de Claude Gueux. ¿Qué diferencias implica esto? ¿Qué efectos tienen ambos métodos?
- ¿De qué manera el hecho de comprometerse con los problemas sociales como lo hace Hugo es representativo del Romanticismo?
- ¿Conoce usted a autores contemporáneos que también

utilicen la literatura para mostrar su compromiso? Compare su método con el de Victor Hugo.

¡Su opinión nos interesa!
¡Deje un comentario en la página web de su librería en línea,
y comparta sus favoritos en las redes sociales!

PARA IR MÁS ALLÁ

EDICIÓN DE REFERENCIA

- Hugo, Victor. 2003. *Claude Gueux*. Traducido por Antonio Mangas Gutiérrez. Madrid: Caparrós Editores.

ADAPTACIÓN

- *Claude Gueux*. Telefilme dirigido por Olivier Schatzky, en la serie *Contes et Nouvelles du XIXe siècle*, con Samuel Le Bihan. Francia, 2009.

EN RESUMENEXPRESS.COM

- Guía de lectura de *Hernani* de Victor Hugo.
- Guía de lectura de *El último día de un condenado a muerte* de Victor Hugo.
- Guía de lectura de *Los miserables* de Victor Hugo.
- Guía de lectura de *El hombre que ríe* de Victor Hugo.
- Guía de lectura de *Nuestra Señora de París* de Victor Hugo.
- Guía de lectura de *Noventa y tres* de Victor Hugo.